欢喜的智慧

万峰山人— 李雄风　绘 著

诗／书／画／禅／演／弥／勒／

社会科学文献出版社
SOCIAL SCIENCES ACADEMIC PRESS (CHINA)

当大欢喜

宁波奉化岳林寺方丈净仁书

欢喜自在

一张笑脸
笑了一千多年
一张笑口
笑开天下古今愁
笑看世间
笑对世人
佛寺供他是一尊佛
信众奉他是个菩萨
人们称他是福神
商人当他是财神

那一脸慈祥笑容
带给人欢喜祥和
那一副坦荡体态
启示人们慈悲包容
作为敬拜
祈求慈悲摄受
作为供奉
祈求和气生财
作为欣赏
感受喜悦自在

寺院看到他的佛相
商店看到他的神相
家中看到他的法相
神州看到他的宝相
国外看到他的圣相
处处看到他的形象
总是
笑口常开
大肚能容

慈祥宽大
皆大欢喜
深入人心的形象
啊！原来是
"弥勒真弥勒
化身千百亿
时时示时人
时人自不识"
大慈弥勒菩萨的化身
来世间与有缘人相见
示现世人
处处慈悲包容
容天下难容之事
日日满腔欢喜
笑世间可笑之人
凡事付之一笑
于人无所不容

南无大慈弥勒尊佛

佛历二五六二
公元二〇一八年
于草堂寺

目　录

目 录

布袋弥勒道场

——浙江奉化雪窦寺联

行也布袋

坐也布袋

放下布袋

何等自在

定之含笑

动之含笑

开颜含笑

相见有缘

雪窦寺: 位于溪口镇雪窦山，唐会昌元年（841）创建，宋代趋于兴盛，为禅宗十刹之一，后渐废。"文革"被毁，现已修复，近年建成露天大布袋弥勒像一座；寺周围有飞雪亭、妙高台、御书亭、雪窦洞等名胜。雪窦山现已确立为中国佛教五大名山。

皆大歡喜

天下誰人不識君笑口
常開樂同群 五福長
沛臨大地慈悲歡
喜慶：閩萬峰

虚空无碍

我有一布袋

虚空无挂碍

打开遍十方

入时观自在

我有一師兮虛空無

桂得太舛遍十方

入時觀自在

平笔和尚句 策峰書

布袋和尚偈语

我有一尊佛

世人皆不识

不塑亦不装

不雕亦不刻

无一块泥土

无一点彩色

工画画不成

贼偷偷不得

体相本自然

清净常皎洁

虽然是一区

化身千百亿

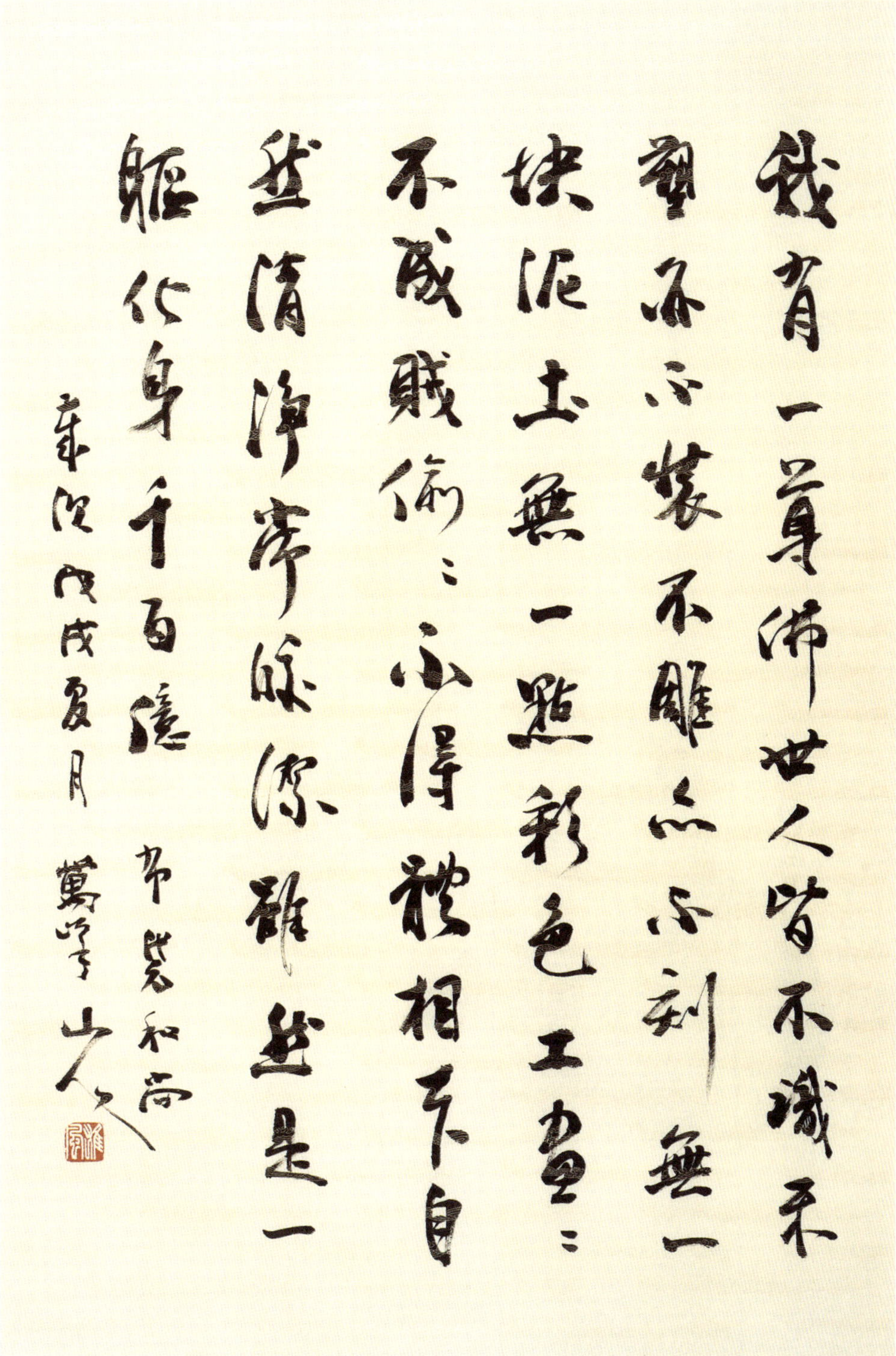
我有一尊佛世人皆不識不
塑亦不裝不雕亦不刻無一
塊泥土無一點彩色工畫畫
不成賊偷偷不得體相本自
然清淨非拂拭雖然是一
軀分身千百億
布袋和尚
歲次戊戌夏月 萬峰山人

迴去曾作智光仙丈
慈室三昧妙
难宣庄严
南有海峤
国循海上
生现牟天
心识圆明
十方界性
倩妙须一
时圆华多
院闲往生
紫合坐龙
牟爱记光

长汀子

——雪窦寺联

五代降生

长汀有缘曾驻法

六根清净

雪窦无垢故通灵

注：长汀子出家后的布袋和尚，曾经在雪窦寺讲经说法。

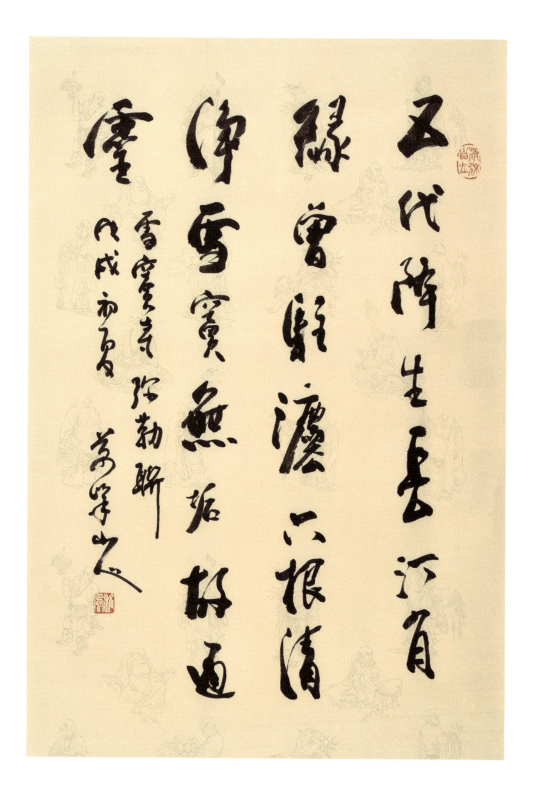

五代醉生夢死日
綠曾經滄海六根清
淨雪寶無垢根通
雲

雪寶雲寺陀勒斯
戊戌初夏 黃澤山

欢喜包容

眼前都是有缘人

相见相亲

怎不满腔欢喜

世上尽多难耐事

自作自受

何妨大肚包容

眼前都是有缘人相見

相觀慈柔滿腔歡喜

世上諸多疑難事自

作自受日妨大肚包容

常笑和尚偈 萬峰山人

慈心廣大量無邊遊世
間何事攝狂牽幻示此
身摩訶笑與君相見有前緣
戊戌三月仲
萬峰山人喬遷

布袋僧

——雪窦寺联

曾作岳林布袋僧

袒胸露腹

冷坐山门

何其欢也

此为兜率慈心佛

严装盛服

身居院内

不亦乐乎

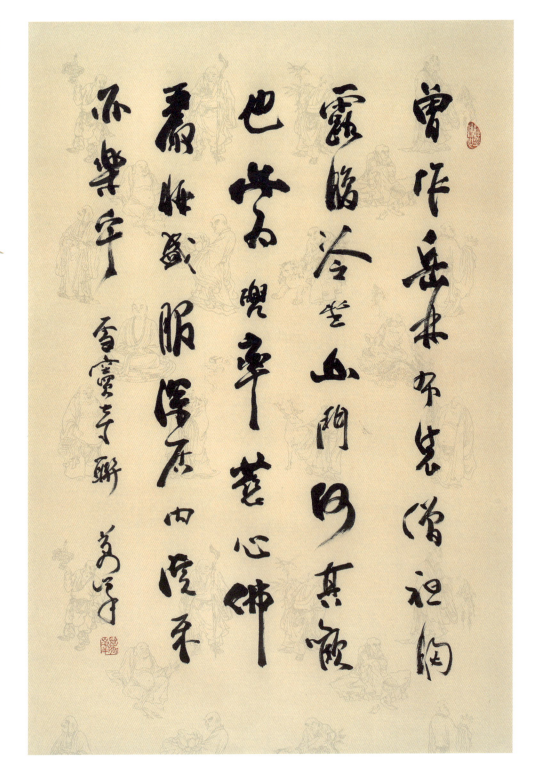

弥勒化身

——奉化岳林寺布袋和尚涅槃石句

弥勒真弥勒

化身千百亿

时时示时人

时人自不识

岳林寺： 为弥勒道场，位于浙江奉化县治之三山中，梁大同二年（536）创
建为崇福院，唐会昌年间（841-846）被毁。唐宣宗大中二年（848）
重建改名岳林寺。五代长汀村人"契子"来寺出家，常荷一大布
袋游化各地。后回岳林寺坐于盘石上题句后圆寂。世人才认识是
弥勒化身。全国大寺院天王殿大都供奉这大肚弥勒像就是出于此。

弥勒身真弥勒
分身千百亿弥勒
时时示时人
时人自不识

真随布袋天涯路
开口笑口乐齐宣
郁肚内烦恼尽随缘
无碍子若居别为正教
近度恰踪求莲华总是尘
一念平和心神静俗仰世事云
提钤
岁次戊戌书于崀峰山人

一钵云游

——布袋和尚偈

一钵千家饭

孤身万里游

青目睹人少

问路白云头

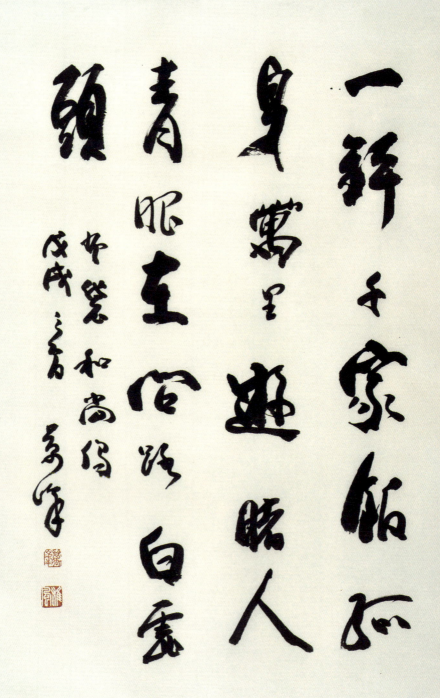

一钵千家饭

孤身万里游

遍眺人青眼

在俗路白云头

戊戌之春 和尚偈

孝华

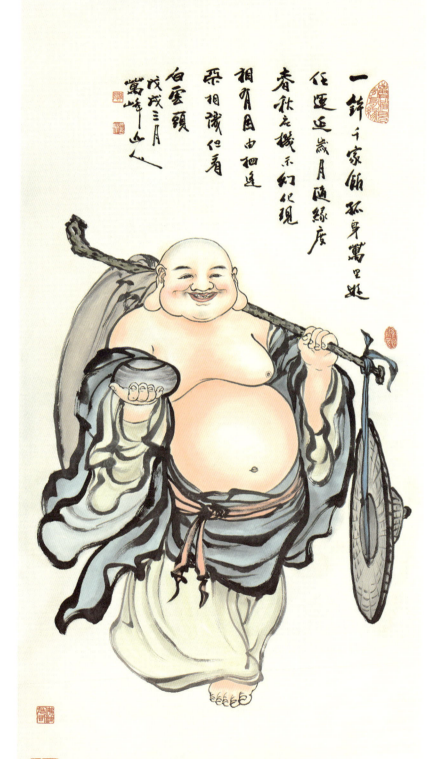

一鉢千家飯　孤身萬里遊
任運延歲月隨緣度
春秋名機示幻化現
相有因由柯近
祭相識但看
白雲頭
戊戌歲三月
萬峰山人

一笑包容

——山西五台山弥勒联

"凡事付之一笑

于人无所不容"

世间的一切

得与失

成与败

顺与逆

褒与贬

都是因缘

都有由来

笑对世间

笑对人生

时时欢喜

处处自在

插秧偈

——布袋和尚偈

手把青秧种福田

低头便见水中天

六根清净方成道

后退原来是向前

手把青秧種福田低

頭便見水中天六根

清净方成道退步原

來是向前

布袋和尚偈 萬峰山民

凡事付之一笑
於人無所不容
世間一切
浮與失
成與敗
順與逆
褒與貶
都是因果
各有由來
笑看人生
時：歡喜屋：自在 萬峰山人

安住欢笑

——剑川宝相寺联 （清·高为阜撰）

"世事系于身	安顿生活
生得住	安住身心
才坐得住	才算正常
人心如其面	人世间
说不完	最难懂的
也笑不完"	是人心
	千百样人千百心
生活于红尘世界	不容易心心相印
难免俗事牵缠	能做到的
衣食住行	只可以
人事家事	同中有异
经历风风雨雨去	异中求同
也从起起伏伏来	和乐共处
耐心应付担当	笑对人生

宝相寺： 位于云南石宝山，始建于元代，原名祝寿寺。后毁，清康熙二十九年（1690）重建，改名宝相寺。

去年繋驢於身生浮
泟才堂浮住人心如
其面没系完也笑
不完

剑川寶相寺僧

萬峰山人書

笑對山川攀為重 眼看世人君恨速速

名利奔忙盡未休 富貴榮恨速速一生

碌碌為誰忙百年 無冬總有期

惶惑咄咄日不識 重覩

尖芒縛何何

戊戌夏 覺覺山人

修心偈

——布袋和尚偈

只个心心心是佛　　　心王本自绝多知

十方世界最灵物　　　智者只明无学地

纵横妙用可怜生　　　非凡非圣复若乎

一切不如心真实　　　不强分别圣情孤

腾腾自在无所为　　　无价心珠本圆净

闲闲究竟出家儿　　　凡是异相妄空呼

若睹目前真大道　　　人能弘道道分明

不见纤毫也太奇　　　无量清高称道情

万法何殊心何异　　　携锡若登故国路

何劳更用寻经义　　　莫愁诸处不闻声

心大量宽

心如沧海能容物

人似青莲不染尘

海纳百川

有容乃大

莲性自洁

不染尘埃

大其心

宽其量

什么厌烦容不下

什么不平有挂碍

如果能够

舍弃贪嗔痴

什么诱惑能感染

什么时候不自爱

见性偈

——布袋和尚偈

奔南走北欲何为

百岁光阴顷刻衰

自性灵知须急悟

莫教平地陷风雷

趋利求名空自忙

利名二字陷人坑

急需返照娘生面

一片灵心是觉王

帝南去此欲何为身歲光陰頃

剎裹自性雲知須悉悟莫教

平地淘風雷趂利求名室自

恠利名二字溺人坑急需返

娘娘生西一片心雲是覺王

布袋和尚見性偈　戊戌夏日　萬峰山人

坐等有缘人

——普陀山普济寺联

晏坐等人来

预摄龙华会里

有缘之辈

逢机以笑应

圆彰大肚皮中

无所不包

普济寺： 位于普陀山白华顶南，灵鹫峰下，北宋元丰元年（1078）始建，时称宝陀观音。
清康熙重建大殿易名普济寺，为普陀山三大寺之一。

曇坐筆人柬欲摇

龍華含毫吞隊之

非華遠祿以笑應圖新

大壯寓中無所耒

包

善惓山普濟寺新
戊辰初秋月萬峰山人

累己何妨真
面目待人须
要大肚皮
戊戌三月 萬峰

坦荡处世

——洪椿坪联

"处己何妨真面目　　　温馨自我感染

待人总要大肚皮"　　　处事但尽心力

坦荡荡人生　　　　　　何来懊恼不平

何必伪装　　　　　　　日常心善行善

铁铮铮风骨　　　　　　慈悲自然呈现

腰杆要直　　　　　　　就算不烧高香

心中一股正气　　　　　感应也通神明

遇事应有原则　　　　　即心是佛

待人一片真诚　　　　　即佛是心

洪椿坪： 位于峨眉山腰，一名千佛庵，始创于明，清乾隆五十五年（1790）
重修。因寺前有唐代之洪椿树，故人称洪椿坪。

大 诗 真 露
肚 人 面 己
皮 總 目 何
　　　要　　妨

岁在戊戌初夏月
萬峰山人

四川峨眉山
洪椿坪斯

无碍偈语

——布袋和尚偈语

是非憎爱世偏多

仔细思量奈我何

宽却肚皮常忍辱

放开决口暗消磨

若逢知己须安分

纵遇冤家也共和

要使此心无挂碍

自然证得六波罗

是非憎爱世偏多 仔细思量
奈我何 宽却肚皮常忍辱
豁开心地任从他 若逢知己
须依分 纵遇冤家也共和 要
使此心多挂碍 自然证得六波
罗

布袋和尚偈 戊戌之夏 万军书

谁论屋空手土也道而金廿然着眼家高虚不见边出寺佐财谁浮真一往老郎
能藏浮往两断走来自立身笑开廿同天地开次爱此狂僧神

戊戌夏月蜀峰山人

容天下逆境

——天童寺联　（圆瑛法师撰）

深具慈忍力

大肚能容

容天下拂逆境上

难容之事

广结欢喜缘

满腮含笑

笑世间名利场中

可笑之人

宁波天童寺：位于太白山麓，始建于唐开元二十年（732），至德二年（757）重建。明洪武二十五年（1392）册定为天童寺。为驰名的东南佛寺，为全国四大禅林之一，对日、韩及东南亚影响尤深，寺内藏有 30 多块名碑。

深具慈忍力大肚能容容

天下婦遂境上難窘三平

廣結歡喜緣清隱含笑

笑在間名利場中可笑

之人

天童寺聯 圓瑛法師撰

戊戌蔞月 萬峰山友

自在人

世间难免有忧患

随波逐流易沉沦

水流向下前途快

人生上进道路辛

心量宽处境顺畅

执着多时障碍频

一念和平欢喜过

天下到处能安身

笑对人事积怨少

圆融耐烦好人缘

能把利害放平淡

可以随处得安闲

心中长留欢喜念

一生都是自在人

人能弘道
道令明無呈

清高稱道情携錦書

登故園路莫然諸慮

柔聞韻

布袋和尚偈

歲次戊戌六月十九日　萬峰山人

笑世人不省悟

——开平寺联

盈颜常喜

喜众生皆有佛性

皆可成佛

就等他来诚心皈依

听说妙法

张口大笑

笑世人不知省悟

不肯回头

放下那些迷茫欲求

当下悟道

开平寺：位于福建西芹镇，建于五代后梁开平四年（910），原为报国显亲院。

慈悲喜捨

慈顏喜笑現君前六度
萬行功德圓兜率院內演妙法
龍華樹下度人天 寫峰文筆

盈顏常喜喜眾生皆

有佛性皆可不來佛

張口大笑笑世人不知

自省柔青回頭

南平間平李聯 篤峰

笑口常开

大慈悲　大肚量

笑口常开乐翻天

做人应当存忠厚

能容天下量无边

君不见　尘世间

利欲熏心最难填

一念包尽人我相

无忧无虑福寿延

长笑无烦恼

——昆明华亭寺联

长笑几时休

此圣人眉睫中

无一系挂得住之烦恼

一禅常坐定

这和尚布袋里

有什么装不下的东西

华亭寺：位于昆明市西南西山华亭山腰，该寺原为大宋鄯国阐侯高智升
别墅，元延祐七年（1320）改建为寺，名国觉寺，明重建称大
圆觉寺。1920 年又重建改靖国云栖禅寺又名华亭寺。

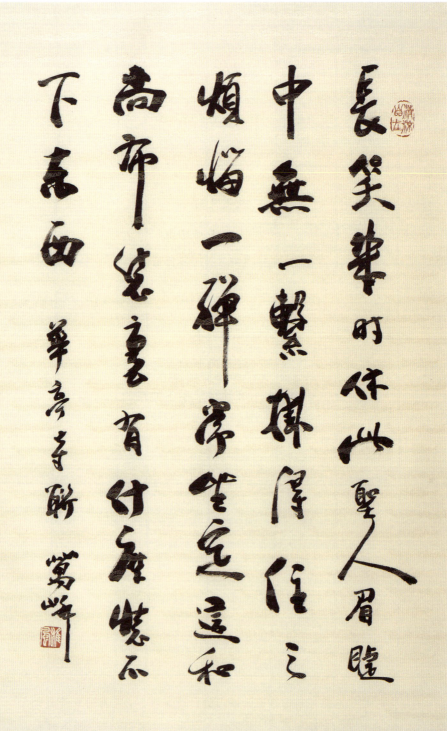

長笑聲時休此聖人眉睫
中無一繫禪得任之
煩惱一彈常坐是和
高而寬喜有什麼憾而
下袁西

華亭寺聯蜀峰

能容

大肚能容

容天容地

不怕世间不平事

只因心中无挂碍

开口便笑

笑古笑今

人间到处有欢乐

还有什么不自在

有緣得相
見轍攸法
情濃候禪
立意解送
理妙悟真
不落三心
外常遇一
法宗圓明
十方易百
幼世绍客

胸怀洒落

——海会寺联　（明·余昂）

终日解其颐

笑世事纷纭

曾无了局

经年袒乃腹

看胸怀洒落

却是上乘

海会寺：位于北京丰台，明嘉靖年间修建，清顺治乾隆时重修。

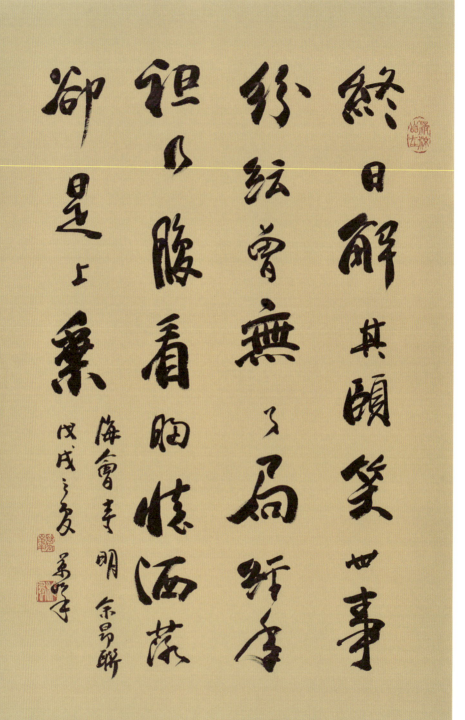

终日解其颐笑世事

纷纷曾无了局矜夸

袒腹看胸怀洒落

却是上乘

海会李明 余易畈

戊戌之夏 秉明

随缘

张开海口

化作痴呆

大肚弥勒笑盈腮

常提布袋人间来

肯定清楚

人生都有个等待

和乐安定生活都想过

最好是

到处都是光明和平的世界

大慈悲法难细说

只好以身示范

大度包容

随缘无碍

欢怀坦荡

——鼓山涌泉寺联

十方化境悟圆通

欣笑开大口

到处都欢天喜地

万劫名扬超众相

羡宽怀独坦

所居皆寿山福海

涌泉寺：位于福州市东郊鼓山白云峰，始建于五代开平二年（908），宋真宗时（998-1022）赐额涌泉禅院，明永乐（1407）改今名。

十方化境悟圓通欲笑開

大口一刻霎都是歡天

喜地萬劫名揚超眾相

羨實惟獨坦懷居多壽

山海海

福州鼓山湧泉寺聯

戊戌三夏月 黃孝山人

慈悲喜福無
德捨量
行盡天涯仍有路
省勤放下方議
閑滋味
壬子夏日

大慈化身

弥勒真弥勒

慈行为第一

大慈心中为根本

为度无量众生

修大慈

入三昧

化身晏坐等人来

遇有缘

笑开怀

他生龙华树下再相逢

三会演法

与佛同在

鼓山涌泉寺联

——鼓山涌泉寺联 （清·王廷诤）

日日携空布袋

少米无钱

却剩得大肚宽肠

不知众檀越信心时

用何物供养

年年坐冷山门

接张待李

总见他欢天喜地

请问这头陀得意处

是什么来由

日日攜空升堂少黎食殘餚

剎浮太肚寬腸不知豪檀越

信心時用何為法養牽生蓉

山門待張維孝終見仲頑天喜

地瘦問這領陀浮豪厲盡竹

唐裏由　虎丘湧泉寺聯　萬峰

为何求

——涌泉寺联

手上一只金元

你也求

他也求

未知给谁是好

心中无半点事

朝来拜

夕来拜

究竟为何理由

手上一隻金元你也承仲

也承床知稍稚是好

心中無坐默筆朝来

祥夕来坪宾竟為月理

由清泉寺畔

萬峰之

手上一夏金元你
世求他也求未知说谁
是好心中要半点事一朝来
祥夕来捱究竟飞问理由

大肚能涵

——鼓山涌泉寺联

大肚能涵

断却许多烦恼障

笑容可掬

结成无量欢喜缘

大肚能容，容天下难容之事；

开口便笑，笑世间可笑之人。

福州鼓山涌泉寺联

万峰山人

五欲不可贪

大肚弥勒拈花笑

笑世间

为名忙

为利忙

为权忙

为私欲忙

为无聊忙

世人追求的

财色名食睡

五种欲望

沉迷深陷下去

如同坠落深渊

自我受困难出头

又像贴近火场

容易被焚烧

劝人及早抽身

正直做人

安住生活

放下自在

欢喜度日

赤脚奔行休问路 白云深处物外天

挂碍但向心中求 不争也不闹

自在不自由 人意己不过三

心一腾休笑看人世华

慈眼且遥开

岁在戊戌之春月当枝

草堂主冀峰（印）

接引同路行

——成都文殊院联

长伸手

接娑婆客

相随同路

久立地

等世上人

打伙偕行

文殊院：位于成都市区城北文殊街，建于南朝，唐宋时名信相寺，明代毁于兵火，清康熙重建改名文殊院。寺内宗教文物丰富，有宋代护戒铁神、清代铜佛、唐玄奘顶骨、宋墨龙、印度梵文贝叶经、缅甸玉佛、清代破山、大雪书法、竹禅绘画等。

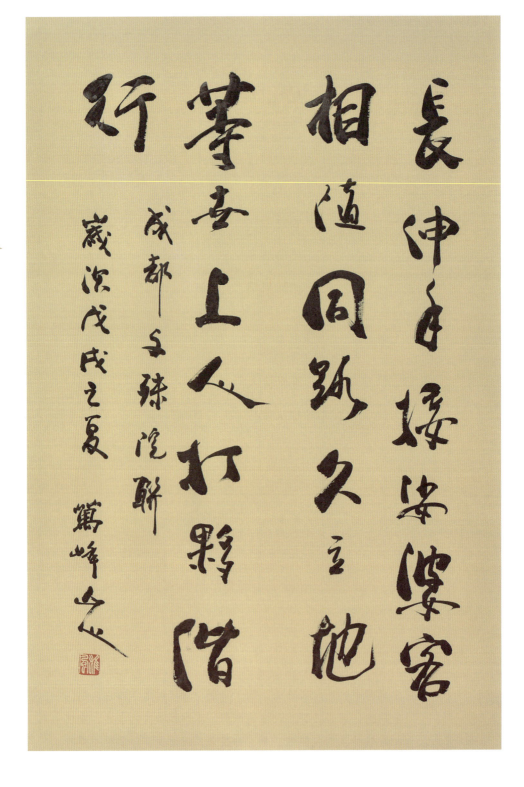

长伸手接梁溪客
相随同跻兜率天
箬耆上人扪黔阶行

成都子珠院联

岁次戊戌之夏

篆峰之之

少点凡尘

大肚能容天下事

天下那会有不平

不平只在人心里

心静少了凡尘染

只有

执着自我是实有

不明世间的一切

都是无常变迁

因缘和合的生灭

所有物质都是短暂存在

沉迷贪恋

才会产生得失苦恼

少了安详

慈氏遊
化到人
间廣渡
緣展歡
顏布
袋能容
乾坤大
相逢未
識隔千
山萬峰

笑到几时休

——丽江喜祇园联

大肚皮

千人共见

何所有

何所不有

开口笑

几时休息

无一言

无一不言

大肚皮千人共见何
所有何所恶有開口
笑某時休息無一言
無一不言
鷺江喜祈園聯 萬峰山人

少点彷徨

眼前都是有缘人

相见相亲

怎不满脸欢喜

何必计较亲疏富贫

给自己造成了困扰

世上尽多烦琐事

随遇随解

何妨大肚包容

不必纠缠懊恼得失

要做到少一点彷徨

第一来参

——上海龙华寺联 （赵朴初 撰）

修上乘行

面向未来

初入山门

先参弥勒

诵下生经

心依内苑

待随海众

三会龙华

龙华寺：位于上海龙华镇北，传建于五代（907-960），清咸丰时被毁，光绪年间重建。该寺仍保持宋代伽蓝制七堂建筑。

偕上栗行面對未來初
入山門發參彌勒誦
下生經心佇內苑待遂
海霞三會龍華

上海龍華寺聯 萬峰主人

笑世间

袒腹露胸一头陀　　　　也难怪

日坐冷山门　　　　　　众生难免有贪嗔痴

常年开口笑　　　　　　身口意不停造业

笑来笑去　　　　　　　几时肯停下脚步

笑贫笑富　　　　　　　悟一句

笑老笑少　　　　　　　世事无常

笑僧笑俗　　　　　　　无人无我

笑官笑民　　　　　　　也许

谁知道因何而笑　　　　世界才会太平

总觉得是在　　　　　　苦难将会停息

笑世人总是忙忙碌碌

笑世事总是变幻难测

笑朝代总是不停更迭

笑苦难总是经常不息

坐看風雲
起人間消歲峰
行脚挑市袋停
身殘小兒
蜀峰义画芋题

了无挂碍

—— 上海静安寺联

皆大欢喜
春风满面常开口

了无挂碍
世态撩人不改容

静安寺：位于上海市区南京西路，初名护渎重玄寺，建于三国吴赤乌年
间（238-250），唐易名为永泰禅寺，北宋大中祥符元年（1008）
称静安寺。原在吴淞江北岸，南宋迁到今址，现存建筑为清光
绪后所建。

皆大歡喜春風滿面

常開口了無掛碍世

態撩人亦改容

上海靜安寺楹聯

戊戌之夏月編寫完歡喜的智慧配

內布岩和尚乑己正書於萬峰山人

欢喜随缘

世间都是因缘生
每个生命都可贵
相见都是有前缘
珍惜相遇与相知
每件事情有缘由
提得起时就提起
该放下时要放下
生存本来相依存
社会资源应共享
遗世独立是逃避
善尽本分最明智
一念欢喜随缘过
天下到处可安身

笑看烦恼莫自寻

——扬州兴教寺联

笑呵呵坐山门外

觑着去的去

来的来

皱眼愁眉

都是在自寻烦恼

坦荡荡载布袋中

休论空不空

有不有

含哺鼓腹

与斯世共庆升平

兴教寺：位于扬州市万寿寺街西首，今扬州市第五中学西侧。原为西隐庵，又名梵
觉寺，传为宋正胜寺遗址。几经兴废，寺房被拆，现为第五中学新址。大
殿被文物保留移地重建于蕃釐观。

笑呵呵生山门外观著众的去

来的未瞧眼热眉都是在

自寻烦恼坦荡荡戴布袋中

住谓空不空有不有合啮欢欣

舆世界共庆升平

扬州兴教寺联

万峰山人

笑对人生

慈颜常笑现君前

笑对山川

笑看风云

笑天笑地

笑古笑今

世间事

不平事

麻烦事

冤枉事

得失事

成败事

情感事

儿女事

事事事

要随份随力应付

让它随岁月逝去

都应该付之一笑

乐得一身自在

满怀欢喜

破颜垂笑

——灵隐寺联

布袋无双

破颜垂笑

尔等莫待龙华三会

法门不二

大腹能容

来人全凭念佛一心

灵隐寺：位于杭州西湖西北的北高峰下，飞来峰前，别名云林禅院，传为印度僧人慧理于东晋咸和元年（326）创建。唐代被毁，五代吴越王钱弘俶重建，元又毁，明清时先后六次毁建。

希 番 龍 不 来 一
袋 咲 夢 二 人 心
衆 爾 三 大 全
雙 夢 會 腹 遍
陂 莫 法 散 念
顔 苦 門 容 佛

靈隱寺聯

萬峰 書

笑世人颠倒

常开笑口

笑世间人

多喜好

麻醉茫然喧闹

沉迷欲乐享受

谁知道

过分的欲望追求

声色感官的混扰

身体最易被摧残

欲念之火燃烧过后

心灵也会空虚苦恼

几时觉醒过来

那片刻的欢愉

不曾留下多少美好

大多是身心疲惫的虚耗

那又何必同流合污

随俗世一般的颠倒

飞来一笑

——杭州西湖飞来峰联

佛阐发无边

看我侃袒腹露胸

终归一笑

峰飞来何处

愿人们下心低首

普度众生

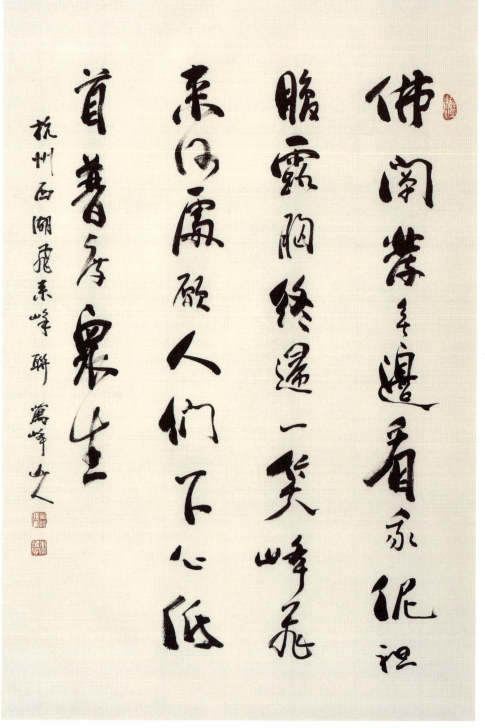

佛阁巍峨遍看承泥祖

�胸终遍一笑峰飞

来问康愿人们不心低

首普度众生

杭州西湖飞来峰联 万峰山人

看破心安

善结广大缘

是宽容大度的体现

容得下物

容得下人

也容得下无数的

纷纷人事

滚滚红尘

装载满满的

是

透彻的思维

悟入了智慧的深层

这世间

没有一法是常住

没有一物是永恒

安知往世君非佛　想是前生

我亦消三界　安不可住

五蕴全空是愿　纵相逢

济能善缘结笑语之

闲慧业升阔世界

现芝梅引龙华会

上浙三条　萬峰

欢天喜地

——宁波阿育王寺联

山门冷烟

总见他

欢天喜地

衣袋空携

却剩得

大肚宽肠

阿育王寺： 位于宁波宝幢镇，南北朝宋元嘉二年（425）创建，梁普通三年（522）赐额阿育王寺，现建筑为清代后陆续重建。寺内舍利殿有舍利塔一座，传内藏有阿育王所造八万四千塔之一的释迦佛舍利子三颗。寺中还有包括苏东坡、张九成等不少名人碑。

山門谷烟總見他歡

天喜地衣袋空憹

却剩得大肚寬腸

宁波阿育王寺聯 该寺建於南北
時代内藏阿育王今替佛陀舍利子三颗

戊戌五月 莽峰文書

弥勒无常观

常修无常观　　　　　　　得到的心安理得

就能了悟　　　　　　　　得不到必有因由

有生必有死　　　　　　　灭了心头那点火

有盛必有衰　　　　　　　笑看人事沧桑

有合必有分　　　　　　　是修　是证

有聚必有散　　　　　　　是慧　是悟

有得必有失　　　　　　　冷暖自知

有甜必有苦　　　　　　　如饮甘露

争甚么　　　　　　　　　看破了人世间的

舍甚么　　　　　　　　　悲欢离合

都是内心的探求与挣扎　　少了忧患

随力做　　　　　　　　　处处自在

尽本分　　　　　　　　　时时心安

誰把摩尼藏人間
蒙蒙暗没入塵寰未来
笑取明珠玉他年相逢再歸還
歲次戊戌知夏嵩峰山人盦希題

我亦僧

——福州林阳寺联

"安知住世君非佛　　　　过去佛

想是前生我亦僧"　　　　现在佛

佛身圆满　　　　　　　　未来佛

庄严普遍现　　　　　　　佛亦僧

法身无相　　　　　　　　僧亦佛

充满一切处　　　　　　　众生都有佛性

化身无数　　　　　　　　人人都能成佛

千百亿示现　　　　　　　也可能是化佛

林阳寺：福州五禅寺之一，位于福州市北峰山区，原名林洋院，后晋天福元年
（936）建。一说是后唐长兴二年（931）建。现存寺院为清代光绪年
间（1875-1908）重建。

安和住世君非佛
想是前生

夾禾滑眉

戊戌长至月
万峰山人

联语
福州林阳寺

慈悲愿

笑对眼前人

谁肚量中

容得下山河大地

谁心念里

明白了凡圣善恶

宇宙都能容得下

愿度一切众

修无常观

理解世间都是幻

发慈悲愿

普济无数群类

度尽众生出尘寰

浮生多幻脚不停
计较岐嶇痕迹通
珠庭有道常呆照
墨添苦恼颜笑学胡涂
世事无常莲台呈野逸
岁次戊戌而夏 万峰少也 作并题

福地自在

——莲花龙福寺联

龙华会如来

一尘不染无挂碍

福地欣自在

五蕴皆空证奇缘

龙华会上一尘

桑梁庵棋碇福池

欣自在五蕴皆空

證奇缘

莲花龙福奉联

万峰山人书

宽怀开口笑

——福州华严寺联 （清·陈宝琛撰）

"人世大难开口笑

肚皮终不合时宜"

多少宽怀

就有多少欢笑

苦难伤了心怀

那里能笑

能

笑古笑今

笑人笑事

笑往笑来

笑上笑下

笑看人生

就能笑开天下古今愁

华严寺：位于福州仓山区螺州古镇，始建于明朝，清朝重建，原为御赐尚书陈若
霖的精舍，近年重修落成。

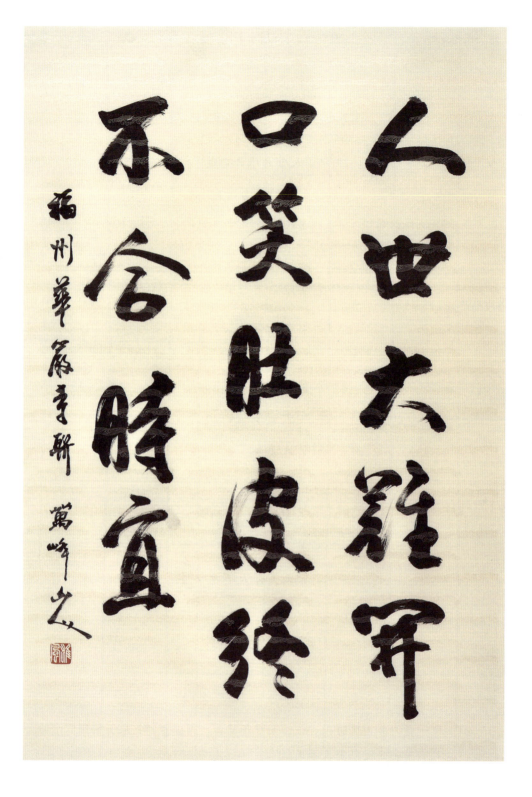

人世大難罕
口笑肚皮終
不合時宜

福州華嚴寺聯

萬峰光人

笑忘恩怨

——广化寺联　（清·张琴撰）

笑口相逢

到此都忘恩怨

肚皮若大

个中尽收乾坤

位于莆田县南凤凰山麓，面临兴化海湾。南朝陈永定二年（558）初建
　　　　为金仙院，北宋太平兴国初改今名。现存寺宇为清光绪年间（1875-1908）
　　　　依旧制重建，20世纪80年代再一次修复。

随顺因缘无罣碍
自在

岁次戊戌春月
蜀峰山人雄风作

炎凉一笑

——广化寺联 （清·程鬶远撰）

世态炎凉唯一笑

余怀坦白故常开

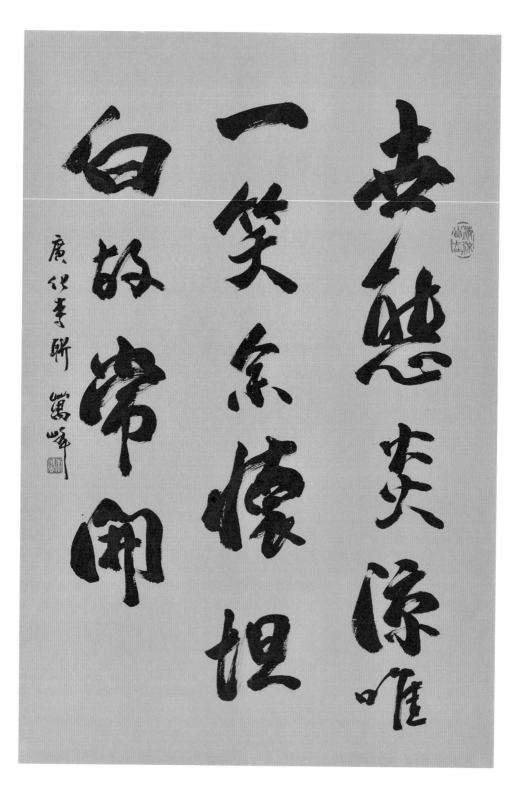

慈悲本是自家心，一笑常怀坦白的常开

广化寺联 雪峰

誰把虛空
掃破了我
惟白雲帶一笑
圓四方定滿重天
彩九天無塵一
巖雪鈴守空
留非么食而笑
我下不水輕手中
紫猴向頭枚為坎幻
身絆行本

営峰山人

能容刹海

——莆田广化寺联

广结当来缘
谁解他大肚
容几刹海

化度一切众
能知此布袋
装甚东西

廣結當來緣誰解

他大肚容華刹海

化度一切衆能知

此亦豈無甚東西

福建省田廣化寺聯

萬峰

内院补佛

——莆田慈寿寺联

囊张兜率贮乾坤

内院补居一佛地

山现须弥悬日月

上方长绕四天王

慈寿寺：位于福建莆田县江口镇囊山村，又名囊山寺，创建于唐僖宗乾
符三年（876）。初名伏虎庵，后改名延福院。闽王王审知皈
依妙应法师，为其母祝寿扩建并奏请朝廷赐名慈寿寺匾额。

慶殿覺皇臨乾坤

内院補居一佛他

山巍頂彌懸日月

上方長陵四天王

福建首田慈壽寺聯

歲次戊戌正月作於京華

萬峰山人

常笑古今春

——慈寿寺联

阅世广开天地量

逢人长笑古今春

閱世廣量長春人令

地長量長香令人天

世廣量咲

開逢古

慈壽寺聯

歲次戊戌長夏 萬峰山人

受用

——莆田龟山古刹

这一个布袋

何物不容

有若大肚皮

自然受用

龟山古刹： 位于莆田以西 15 公里华亭镇境内的三紫山顶。唐长庆二年（822），
无了禅师结茅潜修感召，咸通三年（860）建成灵岩寺。明洪武始升为
寺院。曾经多次被毁，光绪三十年（1904）修复建立龟山法派。后寺
僧平章南度马来亚住持青云亭，寄回侨资修复。"文革"被毁完整殿堂。

這一皆布袋師
物飛容育若大
勝受自照受用

福建莆田龜山古刹聯此為唐代古寺
多次被毀現為南僑陳嘉庚重修壯觀
歲次戊戌夏月 萬峰山人

天下誰人不識君
笑口常開樂同群五福
長伴睡大地慈悲歡喜
廣闊

戊戌初夏日
萬學山人

一笑解千愁

满腔欢喜

笑开天下古今愁

世间多少人

艰难时不易笑

烦恼时不想笑

争吵时那会笑

忧愁时只苦笑

坑人时在冷笑

只有心中坦荡

心无挂碍时

才容易开怀大笑

一笑能解千般愁

见慈心

——闽侯崇圣禅寺联

肚量能容

遂使终朝开笑口

菩提成就

都从历劫见慈心

崇圣禅寺：位于雪峰，创建于唐咸通十一年（870），名应天雪峰禅院。宋太平兴国年间（976-983）改今名，为福州五大禅寺之一。

肚量能容還陳後
朝開笑口普提成
就都從歷劫見
慈心

閩溪崇聖禅寺聯

戊戌長春 箕峰义书

肚皮宽

——厦门鸿山寺联

"阅世休嫌眼孔小

容人须放肚皮宽"

世事总免不了纷扰

相同一件事

角度不同

就看到差异

从低往高看

会越看越迷茫

因为天空变幻

影响了视线

登高向远看

容易一目了然

由小看大

总是那么一点点

大处看小

眼界自然宽广

于人于事

心宽怀一点看

忠的奸的

曲的直的

雅的俗的

粗的柔的

好的坏的

善的恶的

亲的疏的

贤的劣的

良的莠的

林林总总

千差万别

岂能尽如人意

何不一起包容

付之一笑

宽大度量

鸿山寺：位于厦门市思明区思明南路中段鸿山公园广场处，即鸿山南麓故得名。建于明万历年间，几经兴废，20 世纪 50 年代一度被居民占用。1986 年由新加坡妙华法师募资修复，交给弟子，经多年努力，2014 年建成全面开放。

阅世休嫌眼孔小 容人须放肚肠宽

厦门鸿山寺联 万峰山人

禅心
朗月

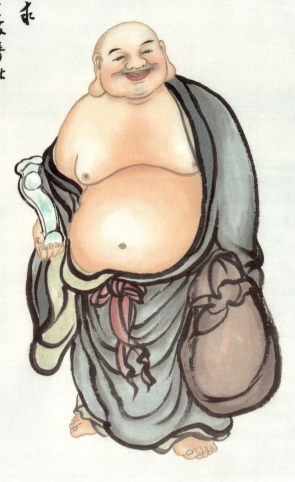

塵世紛紛
何時休人生
紫見月香顏
年年都遇紅葉茂
日日常見白雲悠但求
時時安口笑安能笑度春秋
心無關礙隨緣過浮生樂事勝王候

歲次戊戌中秋節一日於京郊

萬峰山人

授记补佛

——武汉归元寺联

慈冠五百多尊
但尔有求皆感应

记授一生补佛
独他何故不皈依

归元寺：位于武汉汉阳翠微街西端，是武汉四大丛林之一，清顺治初改建为寺。
五百罗汉堂塑像颇负盛名，并藏有贝叶真经、象牙玉雕刻、铜佛等佛教
珍贵文物。

慈窟五百多尊但顧

爾肯承也應記授一

生蒲屢佛猶他河

故不眠徒

武漢歸之幸聯

戊戌五月 寫峰

笑观

——四川乐山凌云禅寺联

笑古笑今

笑东笑西

笑南笑北

笑来笑去

笑自己原来无知识

观事观物

观天观地

观日观月

观上观下

观他人总是有高低

凌云禅寺：位于四川乐山岷江东岸，寺旁是天下闻名的乐山大佛。始建于唐高祖李渊武德年间（618-626）。开元初年开凿大佛，寺宇又扩建。

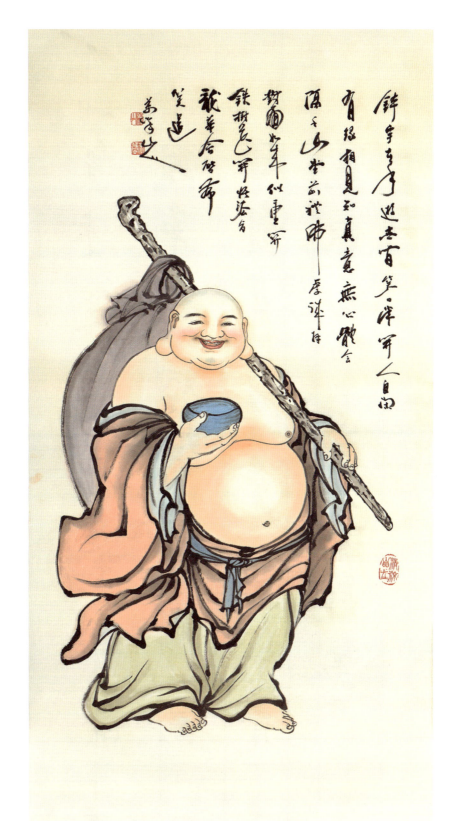

鉢宇东南遊走百笑禅軍人自由

有緣相見到真意無心體会

隨千山岑前礼佛 屠洋作

樹而光車似雲軍

铁枝を年快活昏

觀華谷啓市

笑迫

笑古笑今笑南笑北笑来

笑去笑自己原来無知識

觀事觀物觀天觀地觀

日觀月觀他人總是有

高低 四川樂山凌雲寺聯 萬峰

世间虚幻

红尘滚滚

都是

色声香味触法

五欲炽热的过患

沉迷贪恋

就像坠入魔网迷梦

说不尽的　纵情欲乐

神魂颠倒　痴情纠缠

梦醒来过

留下的

是对身心的许多摧残

谁会察觉得到

世间的一切

只是短暂存在的假有

无非都是苦空无常

刹那刹那的变迁虚幻

都是众缘和合

哪有长久永恒

眼中多了些新奇原来
就因這小兒采塵拂
除污垢染許麈取作
嬉戲談放手時兇
於手當反思廣應
反思讓浮一片寬
鬆地日，都能
笑嘻：萬峰逸

令众生安乐

——仙游会元寺联

"笑口常开

长令众生皆安乐

悲心无尽

普使法界悉清凉"

灵山会上

只是拈花微笑

传下来的是

正法眼藏

涅槃妙心

我可是开口大笑

从沧海笑到桑田

把青丝笑成白发

从白天笑到黑夜

让青春笑成落花

想告诉众生

人生若梦

曾经的曾经

处世的惊涛骇浪

醉倒的一帘幽梦

红尘桃源

内心晃动

不如给生命 一线阳光

穿透重重阴霾

忘了它沧桑世道

忘了那哀怨情思

给自我一片温暖

让生命沉着在长乐的清凉

会元寺：位于福建仙游县湄洲湾枫亭旅游区塔斗山中，创建于唐永徽开元年间。屡废屡兴，唐宋名东禅院，明朝改东林寺，清代重建，名会元寺。

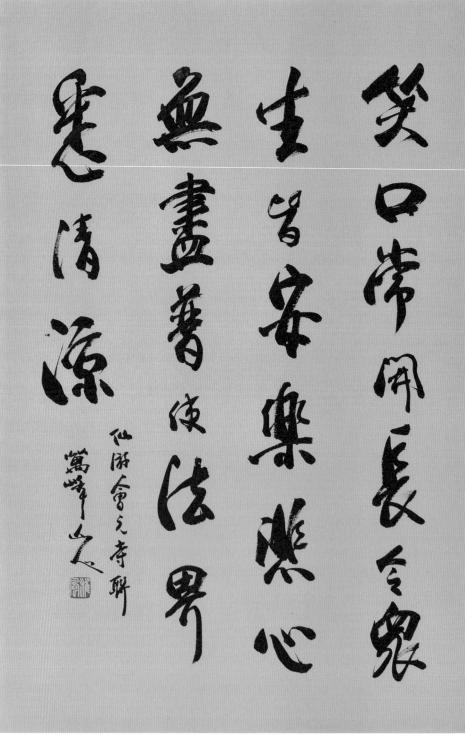

笑口常开长令众生皆安乐欢心

无画舊使法界悉清源

仙源会元寿联

万峰山人

歡喜自在

歲次戊戌夏日 嵩峰

包藏万卷

——湖北仙桃广长律院联

大肚皮

包藏佛教万卷

圆脸笑

普度孽海众生

广长律院： 位于湖北仙桃市沔城大莲花池西南岸青林山上，建于明代天
启六年（1626）至崇祯二年（1629）完成。山门高墙嵌"广
长律院"金色大字，据传为董其昌手笔。

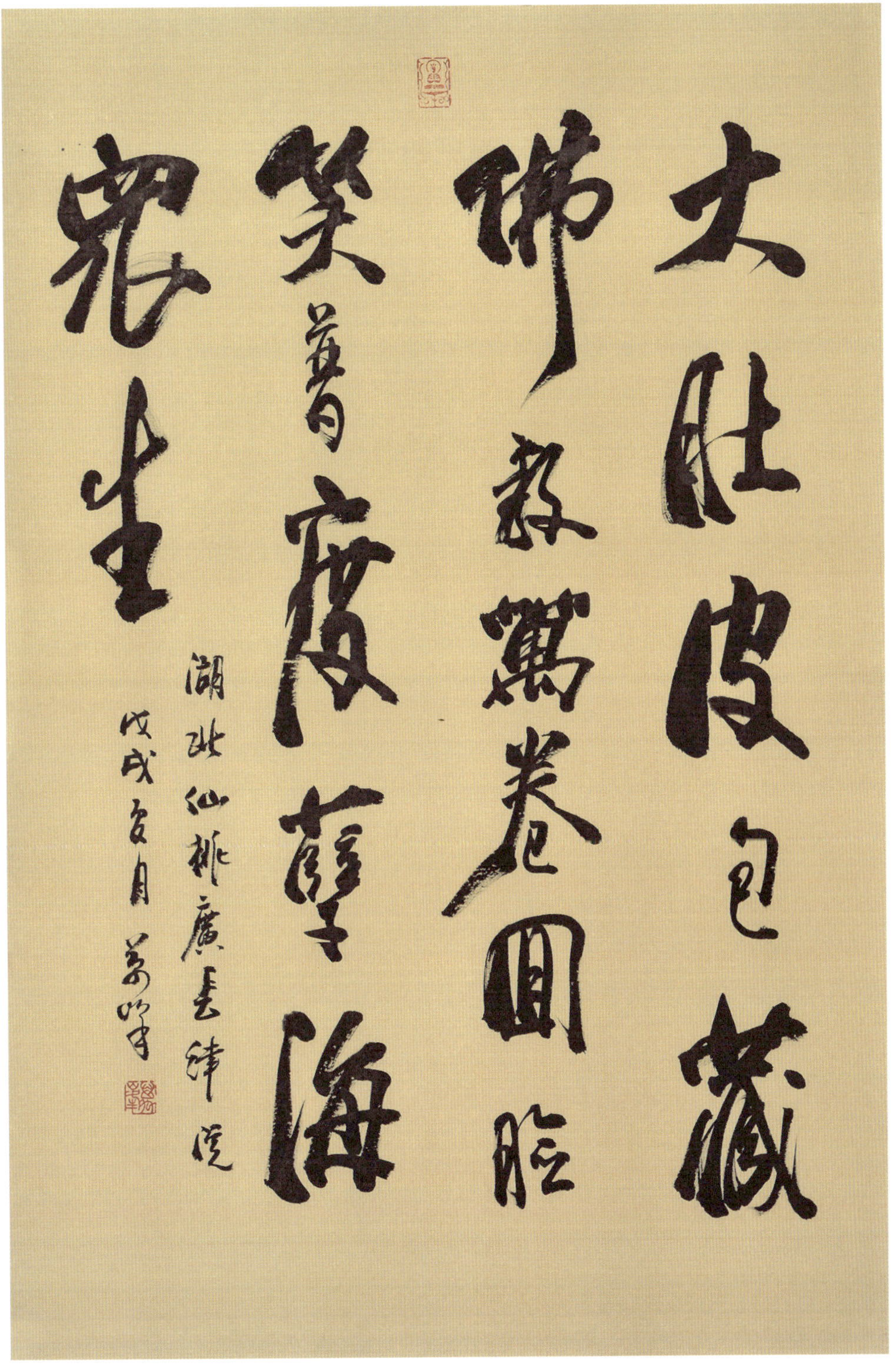
大肚皮包藏
佛教萬卷圓臉
笑著度苦海
衆生
戊戌夏月

面见如来

——厦门绍安报国寺联

愿尔面见如来像

于我长生欢喜心

顧爾面見如

來徐於承常

生歆喜心

厦門紹家報國李聯

萬峰

作於草堂寺

肩負布袋天涯路 笑口常開樂有餘
寬卻肚皮少煩惱 遇緣無礙可
安居莫為威生過度忙於求
榮華總是匯一念平和
心神靜任他世事空提釘
歲主戌戌春看萬峰

與君相見
有前緣
蓋成了

李雄風
又記

功德具足

——厦门绍安报国寺联

功德具足

供养围绕

弥勒世尊

色相端严

功德具足洪

美誉圆融弥勒

世尊色相端

欢

福建厦门绍宋韬风寺

斯 戊戌五月 篱峰

十分欢喜

——四川新都龙藏寺联 （清·李惺撰）

笑而不言

十分欢喜

坐即是卧

一味安闲

龙藏寺：位于成都新安乡，始建于唐贞观三年（629）。初名慈惠寺，
北宋大中祥符元年（1008）改今名。

笑而不言十分

观喜坐即是

卧一味安闲

四川新都龙藏寺联 巍峰

幻身行脚赤条笑帝

白垩日月五蕴空无

枸多生苟如尼

尘世深业债浮

生皆细迥不乐

长寿法颜

登宝莲台

戊戌八月中

万峰之

百事安心

——新都龙藏寺联 （清·钟祖芬撰）

你眉头着什么焦

但能守分安贫

便收得

一团和气

常向众人开口笑

我肚皮这般样大

总不愁穿虑吃

只讲个

包罗万象

自然百事安心

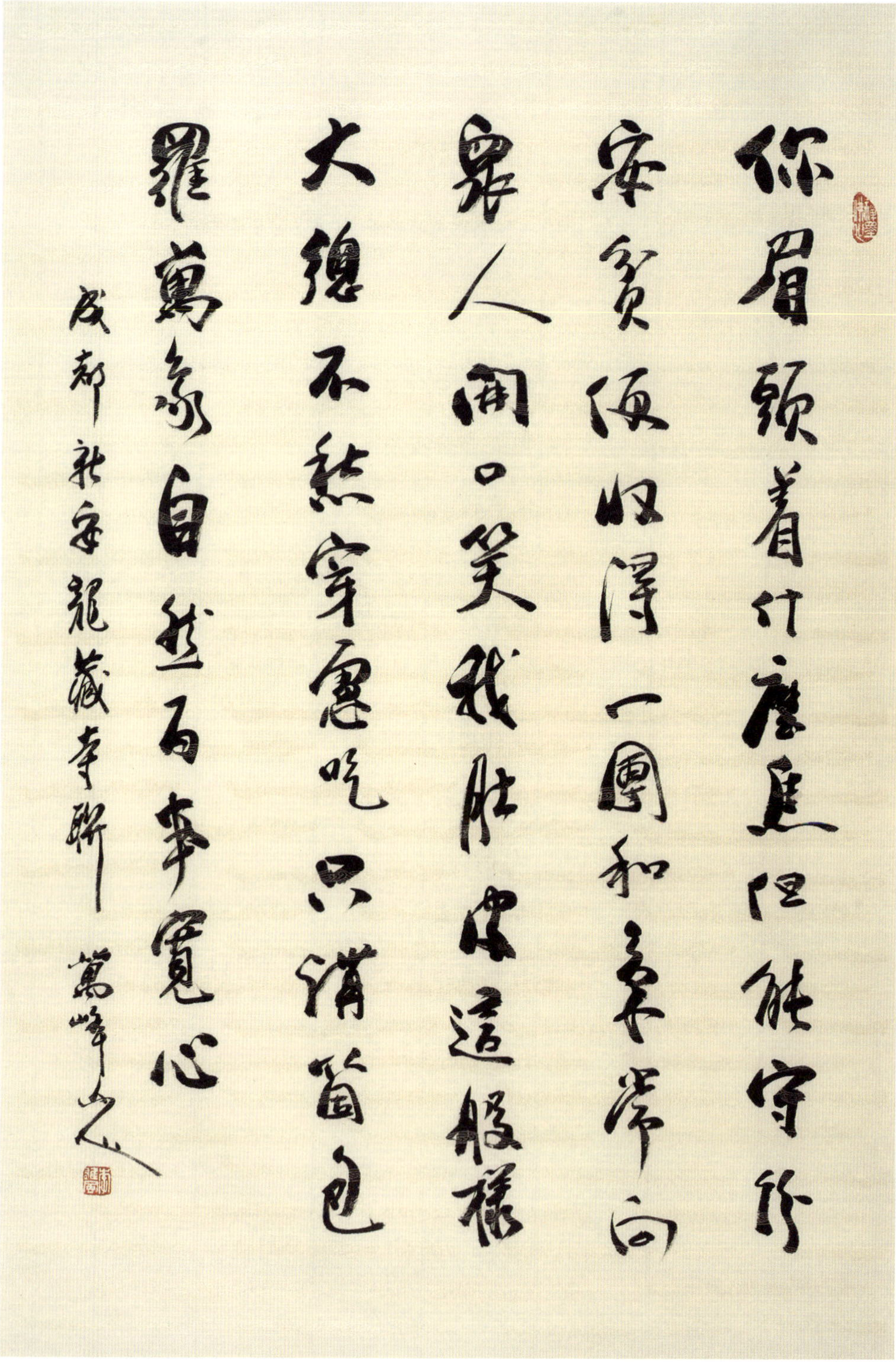
你眉頭着什麼但能守分
安貧便收得一團和氣常向
眾人開口笑我肚裏這般樣
大總不愁穿慮吃只消包
羅萬象自然百事寬心
成都新安龍藏寺聯
萬峰山人

为谁忙

——河南民权白云寺联

"我笑有因皆可笑

你忙无甚为谁忙"

世间由来原多事

人生就如戏一场

强出头处添苦恼

放得下时总平常

劝君善缘要珍惜

欢天喜地福无量

白云寺：位于河南省民权县城西南二十公里的白云焦，相传唐贞观年间（627-
649），由高僧安杰创建。传顺治出家后曾云游到过，康熙亦曾亲临寻
父的流传一直存在。

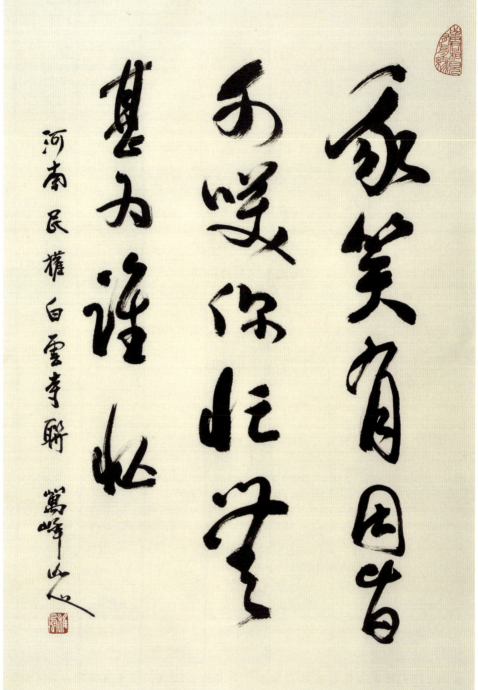

家笑有因者

不嗟你忙些

甚为谁忙

河南民权白云寺李联

嵩峰山人

六祖法相现

——广州光孝寺联

"灵眼填胸开正悟　　　　当下识得祖师意

笑声裹腹展明诚"　　　　人间天上

　　　　　　　　　　　　笑破弥勒大肚皮

十六载隐伏潜修　　　　僧相在此现

闻声直指心源　　　　　法座在此升

六祖惠能大师说：　　　引出日后一湾漕溪水

"不是风动　　　　　　流淌穿越过千年

不是幡动　　　　　　万千法乳代代传

仁者心动"

光孝寺：位于广州市，始建于三国时，历史悠久，是广州四大丛林之一，宋绍兴三年（1133）定名为光孝寺。六祖惠能出家之地，几经兴废，现已复旧观，成为南华重要道场。

靈眼填胸中

正悟笑談裏

胎展明珠

廣州光孝寺聯　萬峰山人

是非憎爱世间多
仔细思量奈我何
宽却肚肠须忍辱
豁开心地任从他
若逢知己须依分
纵遇冤家也共和
若能过得此关口
自然证得六波罗
蜜等山人笔

愿度众生来

——四川什邡罗汉寺联

"安得六尘空　　　　　　　一念空所有

成佛直超三界上　　　　　　万法皆空剩此身

　　　　　　　　　　　　　此身历劫

敢云百战苦　　　　　　　　"灵光独耀

此身愿度众生来"　　　　　　回脱根尘"

　　　　　　　　　　　　　为念众生被业缠

色声香味触法　　　　　　　再入尘劳来渡人

法法都染尘

罗汉寺：位于四川什邡，唐开元十七年（729）马祖道一禅师出家之处。始建于唐中宗景龙三年（709），元朝时被毁，明、清都重建。

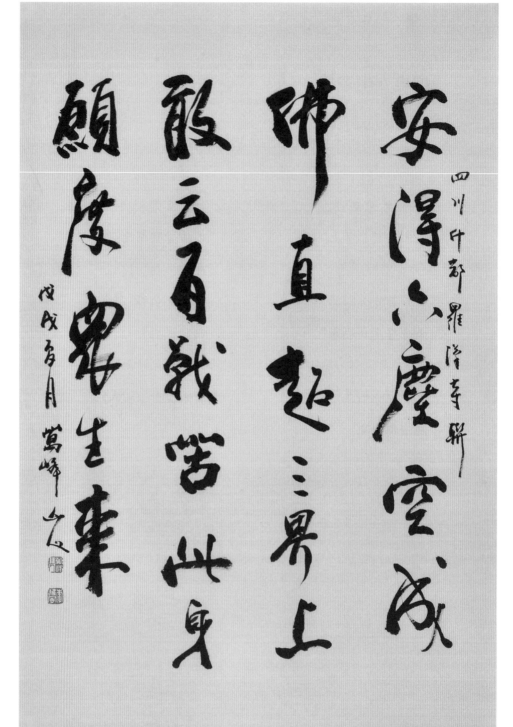

安得大慶雲成

佛直超三界上

散云甘雨當此身

願度群生來

四川什邡罗汉寺联

戊戌冬月 葛峰之友

安知住世君非佛想
是前生我亦僧工致壹予
常伴逗巅樂祥和自在身
歲次戊戌之春 萬等山筆

笑莫休

——什邡罗汉寺联

"许大肚皮

一点何曾藏得住

者张巨口

千古而今笑莫休"

浮华尘世的喧嚣

最终只是一场幻觉

沧海桑田轮回

多少还能风景依旧

这世界

无数的流年传奇

山山水水的相逢

红叶　飘花　洒落

是缘分

也是宿命

几世回眸

一生欢笑

天涯咫尺

咫尺天涯

当浪花翻滚过后

还是会海阔天空

放不下也要放下

拒绝了也不能停留

相牵也好

想缠也罢

不就如流星划过夜空

一味前行

千古涅槃

不过是一念迁动

何时方休

許大壯作一點田

曾藏浮佳者

張巨口千古而

令笑莫休

竹郝羅浮草軒

萬峰

待接有缘来

——什邡罗汉寺联

"灵山数我阿罗汉

佛海人称大肚僧"

过去曾作智光仙

今生化做长汀人

剃发染衣入空门

袒胸露腹岳林僧

手提布袋行脚去

天涯到处见此身

笑口开　化痴呆

街头常等个人来

笑古笑今为谁笑

为接有缘龙华会

三会说法皆能闻

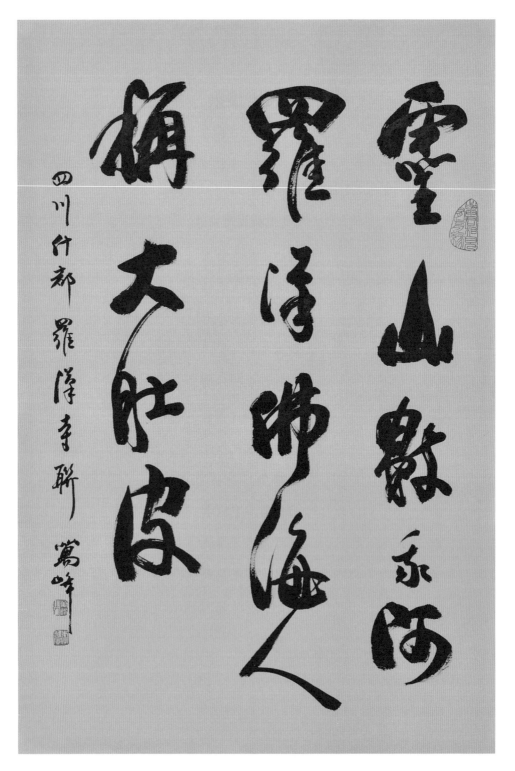

霊山数承陀

羅浮佛海人

梅天肚皮

四川什邡罗浮寺联

嵩峰

世間總有不平事
只因痴著碍難行
起心動念都為迷
隨緣於
下又何得得失于至意
就算榮辱也平常如海
心量能容納宇宙
福無邊

分身摄众

—— 四川德阳万佛寺联

"袒腹笑容摄海众

分身散影示时人"

从大慈愿海中来

都想为芸芸众生

找个离苦得乐依归

无数分身

有缘就会相逢

相对一笑

欢喜自在善缘

德阳万佛寺：位于白马乡关士霍山上，唐大历五年（770）建，宋初改
为道观，宋中叶后改为寺。

坦腹笑容撼海

衆分身龍影

示時人

四川德陽萬佛寺聯

萬偉

世人别空忙

——云南巍山准提阁联　（清·陈虞景撰）

"打坐蒲团

笑世人空空忙了

放开布袋

将元气紧紧收来"

抓得住的

都只是眼前暂时的物品

不会永恒

最后归去

也是空忙一场

什么都带不走

不如宁静片刻

收紧一点元气

守护一颗真心

摆脱烦恼纠缠

放下自在涅槃

准提阁：位于云南省巍宝山，在巍宝县城东南十公里处，又名朝天门，是全山的总坊。

打坐蒲团笑世

人空空忙了

狮袋得元辛烬

照收来

云南大里巅山淮

程闲斯萬峰

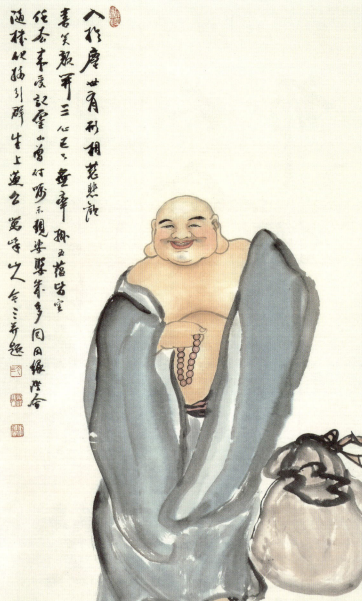

一笑度人天

——云南巍山观音殿联

大肚皮

包藏今古

一笑后

度灭人天

云南巍山观音殿：位于云南巍宝山前半山腰，初建于清康熙，咸丰、同治被毁，光绪时重建。1966 年又被毁，1986 年修复。

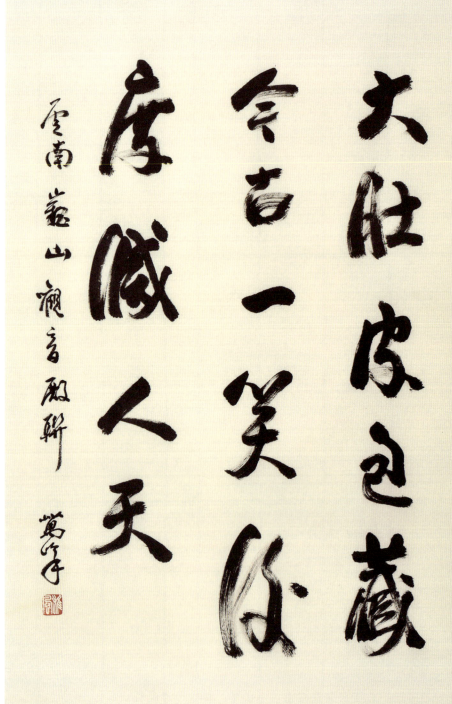

大肚能包藏今古一笑付廊

度尽人天

庚南岩山观音殿联

萬序

庄严善缘

——北京雍和宫联

"广一切善缘　　　　　春风吹绿芽

现庄严相　　　　　　夏雨洒荷叶

普如是功德　　　　　秋露滴梧桐

发欢喜心"　　　　　冬雪飘梅花

　　　　　　　　　　都不过是

欢喜心　　　　　　　如来的法身变化

梦也笑　　　　　　　广长舌与清净身

笑天笑地　　　　　　化生千差万别

笑对山川　　　　　　普现庄严宝相

笑看风云　　　　　　魏魏功德

任它　　　　　　　　无尽法缘

廣一切善緣現莊
嚴相善如是
功德蓉觀善
心

雁和宮聯

萬峰山人

荒叶空中迎浮雲天上牵身去

唐世重心上五行外奇

笑随缘往无量劫

掛碍一念不生

滅終朝樂自在

东次成月

中林家收

萬峰之

珍惜乐土

——巍山观音殿联

"升平盛世

笑容满天下

开创乐土

肚内藏乾坤"

珍惜身处天地

宽大为怀肚量

包容难容之事

和睦世间人群

奉献付出

成就共创

繁盛世界

乐业安居

处处升平景

欢笑满人间

升平盛世慕贤客
满天下齐创乐
土肚内藏乾坤

云南茄山观音阁联

万峰山人

喜解烦恼事

——辽宁辽阳龙泉寺联

笑对山川

喜解人间烦恼事

欣纳天地

乐装宇内古今愁

龙泉寺：位于辽阳县东部山区，甜水满族乡，三道岭村北的坦丘上。
据传始建于唐代。清道光、同治年间进行大修。"文革"佛
像被毁，1993 年复归佛教活动。

笑對山川喜解

人間煩惱爭

欣納天地樂發

宇内古今然

遠寧龍泉寺解
葛年

曾作垂林市隐浮江胸
霞殿谷空山門閉
其頭俯他为笑
辛苦苦心佛
嚴粗盛眼
深居内院
桀而棠辛
蜀峰少

大肚也难容

——江西峰顶寺联

大肚纵能容

也不容瘴气乌烟

贪脏枉法

慈颜常带笑

最可笑虚情假意

欺世盗名

峰顶寺： 位于江西铅山县境内，相传为唐大义和尚所建。

大肚能容容也柔容

瘦年乌烟贪贼柱

法慈颜常带笑容

可嗅匾情澹意欺

去盗名

江西峰顶寺联
万峰山人

誰道窮空不立地也逍遥
袋中無一錢眼前多為每不見逼去来
一笑置疑藏浮涯雙脚走来自在身但時無得住之意
笑看世間天地同同江霞旅枉修仲英齋光祖筆

冤亲平等赖慈航

——台南开元寺联

兜率一笑

如悬百千慧日

照遍中天

微妙法门满荒岛

龙华三会

度尽亿万苍生

超出苦海

冤亲平等赖慈航

开元寺：位于台南市北开元路，原为北园别馆，由郑成功之子郑经为其母颐养天
　　　年而建。清康熙三十五年（1696）改建为寺，初名海会寺，又改海靖寺、
　　　石榴寺，后崩塌。乾隆十五年（1750）重建改为开元寺。

兜率一笑如懸百千
慧日照遍中天微妙
法門滿叢島龍華三
會廣畫蒼生超出苦
海宽親平等籟慈航

台南開元寺聯

萬峰

弥勒无来去

——台南开元寺联

但愿众生念自佛

勿念他佛

当知弥勒无来时

亦无去时

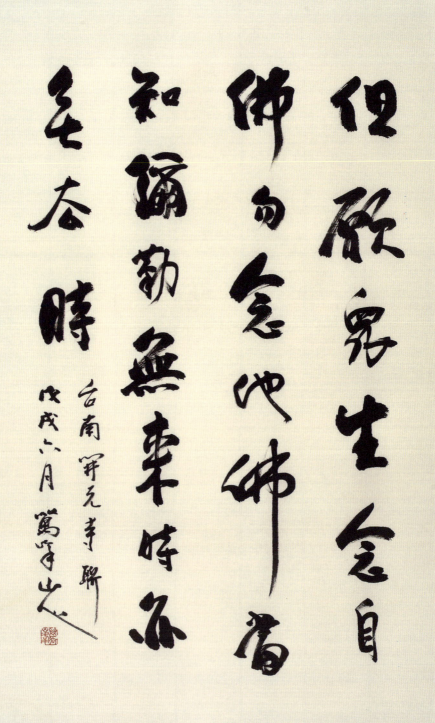

但愿众生念自佛，佛佛念他佛，
和谐勤无来时无去时

台南开元寺联
戊戌六月 万峰光

笑口相逢到

此都忘恩怨肚

皮若大留中畫

將乾坤

莆田廣化寺聯

筆峰山人

图书在版编目(CIP)数据

欢喜的智慧：诗书画禅演弥勒 / 万峰山人著. --
北京：社会科学文献出版社, 2018.10
ISBN 978-7-5201-3738-6

Ⅰ.①欢… Ⅱ.①万… Ⅲ.①诗集－中国－当代②佛
像－中国画－人物画－作品集－中国－现代 Ⅳ.
①I227②J222.7

中国版本图书馆CIP数据核字(2018)第240273号

欢喜的智慧：诗书画禅演弥勒

绘　著 / 万峰山人— 李雄风

出 版 人 / 谢寿光
项目统筹 / 宋月华　杨春花
责任编辑 / 刘　丹

出　　版 / 社会科学文献出版社·人文分社(010)59367215
　　　　　　地址：北京市北三环中路甲29号院华龙大厦　邮编：100029
　　　　　　网址：www.ssap.com.cn
发　　行 / 市场营销中心 (010) 59367081　59367018
印　　装 / 北京盛通印刷股份有限公司

规　　格 / 开　本：787mm×1092mm 1/16
　　　　　　印　张：13　字　数：100千字
版　　次 / 2018年10月第1版　2018年10月第1次印刷
书　　号 / ISBN 978-7-5201-3738-6
定　　价 / 96.00元

本书如有印装质量问题，请与读者服务中心（010-59367028）联系